KB109077

언니에게

언니에게

이영주 시집

민음의 시 165

민음사

自序

내 악행의 기록을 남기면서

나는 많은 것이 되었다가,
많은 것으로 흩어졌다.

살아 있는 언어로 펄떡이는 재삼, 기정 씨
감사합니다.

2010년 5월
이영주

차례

1부

물고기가 된다는 것

학교를 가려고
시체가 떠내려온 천변을 지날 때마다
다리가 점점 투명해졌다

나는 매일 거슬러 오르느라
나를 알아보지 못했다

천변의 하류 쪽에 아버지는 집을 지었다
비가 오면

발바닥에서
두꺼운 지느러미가 자라났다

선기해파리

내 몸에서 가장 긴 부위는 팔
가장 아름답게 악행을 퍼트리는 것

두 팔을 천천히 휘저으며 나는 수족관으로 간다
해양 지도를 펼치면 두 팔이 늘어나는 느낌

그의 오래된 수족관에는 입 벌린 가면들이 모여 있다

물결 사이를 가만히 들여다보면 해파리의 얇고 긴 털
항해일지를 지우고 물속으로 들어간다
끈끈한 혀끝에서 활자들이 번진다

몸 안에 독을 숨긴 채
바다의 심층에서 먼 나라의 심층까지 배달하는 마린보이
그는 마지막 항구로 돌아와 수족관에 잠긴다
나는 두 팔을 길게 뻗어 잠들지 못하는 그를 감싸 안는다

이 찰나의 떨림으로 숨겨진 악행을 나눠 갖자
해파리들이 몸을 대고 서로 찌르고 있다

조금씩 일렁이는 가장 어두운 심층에서

우린 어린 시절이 달랐지만
투명한 촉수가 입안에서 꿈틀거린다

팔을 등 뒤에 붙이고
두 개의 그림자가 한 몸으로 수영을 한다

딜에 가는 여러 가지 방법

어느 날 머리가 엄청 커졌다. 눈은 작아지고 코는 솟아나다가 멈추었다. 이마로 밤을 보았다. 귀로 낮의 냄새를 맡았고 뒷면이 없었으므로 흘린 피들은 다시 몸으로 들어왔다.

회오리바람을 타고 올라가면 달에 닿을 수 있다. 고대 그리스인 루시안은 그 문장을 손목에 새겼다.

이마에 달의 혀가 닿을 때 나는 커다란 엔진을 그렸다. 로켓처럼 빠른 비행을 꿈꾸며, 머리가 큰 종족들만 사는, 달의 바다.

넴루트다이 신전 앞, 깨진 석상 머리가 떨어져 있다. 달은 반이 잘려 있다. 양 떼를 잠재우고 루시안은 휘파람을 불며 초점이 맞지 않는 겨울을 사진 찍었다.

부서져야만 들어설 수 있는 문으로 달의 이마는 떠났다. 멈추지 않는 피를 핥으며 나는 엎드렸다. 양 떼의 발자국에 얼굴을 묻고 머리 큰 화석이 되었다.

첫사랑

쪽문 옆에서 언니는 잠이 든다. 저녁이면 마당에서 펄럭이는 셔츠의 한쪽 소매를 만지던 언니. 동생은 더러워진 빨래에 대해 단 한 번도 말하지 않는다. 하늘을 날지 않는 새들은 동작을 멈출 줄 아는 도롱뇽 같아. 끝에 닿기 전에 한 번쯤 정지하는 일 말야. 언니는 동물도감을 펼치고 도롱뇽 꼬리를 부엌칼로 잘라 낸다. 쪽문을 드나들다 키가 큰 언니는 매일 밤 흰 목을 구부린다. 난간에 걸친 달이 몸속에 뼈를 세울 때마다 언니는 어깨가 아프다. 그를 찾아가도 될까? 이제 더 이상 손발이 자라지 않으므로 언니는 밤마다 짐을 꾸린다. 오늘의 달은 구겨진 흰 셔츠처럼 마당에 떨어진다. 쪽문을 떠나기 위해 언니는 립스틱을 바르고 깊은 잠 속으로 들어간다. 거기서 묵을 곳은 분화구밖에 없어. 달의 도면을 펼치고 도롱뇽이 분화구 안으로 기어 들어간다.

저무는 사람

태어나면서부터 우린 저무는 사람들. 생일은 미리 말해 주자. 젖은 바람 부는 계절에는 얼굴을 보고 이야기하자. 머리를 빡빡 민 사람이 오랫동안 편지를 쓴다. 몸을 보니 여자였구나. 상점 주인은 창밖의 간판을 세다가 저무는 사람. 단 한 명의 노파도 없는 비 오는 골목으로 음악을 흘려 보낸다.

지느러미를 감추고 들어와야 해. 여자인 줄 알았는데 그림자를 보니 물고기구나. 상점에는 푸른 비늘이 가득 찬다. 그녀가 달력을 넘기는 동안 천장에서 물이 새고 있다. 노파를 보고 싶은 계절이야. 생일을 견디며 물고기들이 모서리에 지느러미를 비빈다.

태어나면서부터 우린 비린내를 풍기는 물건들. 물고기인 줄 알았는데 장화를 벗고 보니 딱딱한 계단이구나. 그녀는 문밖의 발들을 바라보다 밤늦도록 저문다.

고무장화를 신자. 태풍이 오기 전에 생일을 미리 말하자.

바람이 젖은 달력을 찢는다. 계단 밑, 붉은 웅덩이 속에 머리를 빡빡 민 노파가 잠들어 있다.

빛나는 사람

네 집은 기체로 이루어졌지만 아무렴 어때. 가스가 솟구쳤지. 난 몰래 봤어. 네가 은하계라고 써 놓은 야광 별에서 혀를 날름거리는 하얀 것.

너는 주전자에서 피어오르는 연기. 가장 아름다워지는 순간이야. 형태 없이 길어지는 것. 그때 너는 창문 아래 커다란 발자국을 보며 울고 있었어. 다리를 벌리고서 하나의 이야기가 되었지. 소녀가 여자가 되는 가장 더러운 페이지.

너는 완전한 피부를 가져야만 우주 비행사가 된다는 걸 알아. 이빨 자국도 없는 빛나는 사람이 되려 했어.

천장의 별들은 모두 활자가 되었다고 내게 편지를 썼어. 너는 과학 시간이면 그래프의 정점마다 구멍을 뚫었잖아. 내상(內傷)이 없는 시절은 끝났다고 길어지다가 만 몸을 접었잖아.

조각난 것들을 모아 별자리를 만들자. 난 몰래 봤어. 얼마나 많은 가스들이 천장에서 서로 꼬리를 물고 있는지. 너는 뾰족한 앞니를 허공에 박으며 컹컹거렸지? 이제 깨끗한 살에 이빨을 박아야 해. 잘 봐, 아름다워지는 것보다 훨씬 더 찬란한 착란의 시간을.

나의 인사

당신이 보여요, 란 말은 아프리카식 안부 인사랍니다. 나는 종잇조각처럼 몸을 접고 고해소 안으로 들어갔습니다. 촘촘한 구멍에 대고 무슨 인사를 하겠어요? 진짜 인생은 서른부터 시작되었습니다. 툭 불거진 이마를 제단에 대고 기도의 공식을 외웠습니다. 나는 당신의 뚱뚱한 손가락에서 읽히고 싶은 사람.

아무도 나를 보지 않네요. 신을 선택할 사이도 없이 세상의 끝으로 갑니다. 풍경은 하나의 취향. 철책이 세워진 운동장. 왼쪽 뺨에 남은 손자국. 피 묻은 롤러스케이트. 장면만 남은 시간은 보속 기도* 몇 번이면 사라진답니다. 아, 그런데 당신은 단 한 번도 내게 인사를 하지 않네요.

고해소 쪽문을 손가락으로 두들기는 당신. 우주의 비밀은 당신 머리통에서 점점 새까매집니다. 봉인된 글자 안에 나를 두고 나옵니다. 무엇을 고백해야 할까요? 이제부터 나는 아무것도 상관없이 서른입니다.

젊은 예수는 목을 오른쪽으로 꺾고 내려가지 못할 바닥

만 쳐다봅니다. 나는 예수의 아랫도리를 천천히 만져 봅니다. 인사합니다. 안녕! 당신이 보여요! 나는 좀 더 친밀한 아프리카 취향입니다. 손등에서 햇빛의 투명한 뼈가 자라납니다.

* 죄로 인한 나쁜 결과를 보상하는 기도.

뒤

아름답지 않은 것을 들키고 싶지 않아. 뒤를 돌아보지 마. 구멍이 좁다는 걸 알면서도 내내 돌아보던 너의 흰 목에서 피가 흐른다. 노인은 신에게 경배를 드릴 때마다 조금씩 무릎이 부서진다. 너무 쉽게 죽은 사람의 이름을 말하면 안 돼. 한쪽 유방이 도려내진 브래지어를 보고 한 노인이 뒤를 돌아본다. 이것은 전염병일까? 목발을 짚은 사내는 꺼지지 않는 불꽃을 뒷주머니에 깊숙이 찔러 넣는다. 신은 뒤를 돌아보는 불경한 것들의 심장을 움켜쥔다. 까마귀는 붉은 날개를 꺼내 죽은 사람의 목을 후려친다. 아름다워지기 전에 뒤를 돌아보면 안 돼. 오르페우스는 어린 딸과 침대가 없는 외계(外界)로 가기 위해 천상의 노래를 부른다. 목소리를 잃고 나는 자꾸 뒤를 돌아본다. 제 다리를 뜯어 먹는 늙은 개.

동생의 진화론

밤새 동생의 어깨에서 자란 뼈는 뒤통수를 뚫고 올라간다

동생은 자꾸만 위로 올라가려는 어깨를 천천히 쓰다듬는다

버스 정류장 기둥은 두 개의 다리를 가진 생물로 진화하는 중이다

동생은 목발을 짚고 서서 창문을 통과하는 구름을 기다린다

너는 네 머리 위로 솟는 뼈를 잘 키울 수 있을까?

옥상 난간에서 진화한 종(種)들이 공중으로 몸을 날리고 있다

박쥐우산을 가진 소년
— 장이지 시인에게

직선으로 생긴 구름에 대해 떠올릴 때 너는 울었다
아무런 무게도 없는 세계를 생각했다

박쥐우산을 펴 들고 너는 공기 속을 걸었다
물방울들이 자꾸만 직선을 곡선으로 만든다, 누나

문턱에 한 발이 끼어 침묵에 빠진 새
너는 새벽 내내 네 발의 모양을 바라보았다
둥글게 휜 발가락 하나쯤 숨어 있어도 좋을 거야

고요한 세계에서 잠들고 싶지만, 누나
새벽이면 자꾸만 한쪽 발이 길어진다
무릎에 고인 물이 조금씩 빠져나간다

너는 접히지 않는 우산을 가지고 방 안에서 날았다
 누나, 내가 마르기 시작한 건 새의 둥그런 등뼈를 만지면
서부터

어두운 골목에서 그림자가 발가락을 센다
네 주머니에서 떨어지는 깃털 하나를 줍는다

결혼기념일

　다른 통로로 가기 위해 그들은 결혼을 한다 옥상에서
고양이들이 한데 엉켜 뒹군다 장마는 모두 태양의 뒤편으
로 사라졌다 이제 우주는 천천히 알아 가자 남편은 아내
의 불행한 손금을 혀로 핥은 후 퉤퉤 침을 뱉는다 그거 알
아? 수고양이는 낚싯바늘 같은 성기로 한번 사랑한 암고양
이를 절대 놓지 않는대 아내는 철제 계단을 작은 끌로 슥
삭슥삭 긁어낸다 당신 머리 위에 있는 고양이는 이곳에 두
고 가야 해요 러닝셔츠를 둘둘 말고 남편이 문을 연다 여
보 당신은 입을 모두 버렸는데? 캄캄한 전구가 모든 빛에
부리를 달아 주며 웃고 있는 밤 남편은 웃통을 벗고 문 앞
에서 전깃줄을 당긴다 안녕? 닫혀 버린 입들아 꼬리를 빳
빳이 세운 고양이가 난간에 매달려 있다 이제 태양은 천천
히 알아 갈 차례야 고양이를 밀어낸 아내의 손금이 손바닥
밖으로 뻗어 나간다

흰 소를 타고 여름으로 오는 아침

고대 도시로 오기 위해 겨울에서 여름으로 건너왔습니다. 끝없이 늘어선 쪽문을 지나 두 계절을 건너오느라 발목이 다 젖었네요. 태양이 묽은 반죽처럼 흘러내릴 때 도마뱀의 꼬리를 쫓아 푸른 잠 속으로 들어갔습니다. 저 구름 위에 앉은 산악 민족들은 어떤 얼굴로 잠을 불렀던 것일까요. 나는 휴게소에 쭈그리고 앉아 막대기를 휘휘 돌립니다. 겨울에서 여름으로 건너오면서 무엇을 들고 왔을까요? 오랫동안 굽어 있던 어깨를 가방 속에 집어넣었습니다. 키 작은 국경 주민들이 웃고 있어요. 퉁퉁 부은 심장. 계절 없는 민족. 거대한 황금 불상의 이름은 전락(轉落). 당신은 하얀 머리칼을 자르고 산악 민족의 얼굴을 빌려 씁니다. 흰 소를 타고 여름으로 오는 아침. 버스 정류장에서 기다린 것은 점점 더 새로워지는 겨울과 여름 사이였습니다.

나선상의 아리아

검은 개가 아물어 가는 흉터를 아래에서 위로 핥으며 끙끙댄다.

석공은 벽을 아래에서부터 위로 올려 간다. 마지막 순간에 올라가는 곳은 바닥인데, 뾰족한 도구로 무언가 써 주기를 기다리는 얼굴.

그런 얼굴로 벽돌 같은 애인들이 머문다. 허벅지를 누르며 첫 번째 애인이 유물론에 대해 말해 주었지만 내가 기억하는 건 꼭대기. 성으로 가는 나선형의 미로. 모든 성에는 좁고 긴 계단이 끝을 향해 뻗어 있다.

벽돌이 꾸는 꿈은 벽돌로만 이루어진 첨탑. 최후의 지붕. 아래에서 위로, 위에서 아래로. 징그럽다는 느낌 때문에 나는 자주 모든 것을 떨어뜨린다.

검은 개의 주둥이를 밧줄로 묶어 거꾸로 매달았던 삼촌. 타오르는 불길에서 도구를 들고 쓸 수 있는 단어는 자꾸만 변하는 내 혈액형.

점점 뭉툭해지는 얼굴로 구부정하게 잠든 애인들. 나는
몰래 공사장 벽돌을 굴려 나선형 계단을 쌓기 시작한다.

루시안의 날개

폭죽이 터진다. 창문이 조금씩 부서진다. 버려진 신전 뒤
뜰에 숨어 루시안은 달에 올라가는 서른 번의 회오리바람
을 기다리고 있다. 새의 발톱은 언제 모두 잘린 걸까. 수도
관을 두드리며 밤의 흰빛이 흐른다.

부서진 목각 인형들이 서로의 목을 돌려 맞추고 있다.
창문을 타고 올라오는 어린 흑인. 소년 머리에 가득한 부스
럼. 폭죽 가루가 떨어진 천 년 전의 이 골목은 무성한 꿈의
잎을 가지고 태어난다.

그해 가장 어두웠던 옥탑방에서 머리 큰 개 한 마리가
죽었다. 서른 번째 달빛이 막 어두워지는 중이었다.

나에게 박힌 짐승의 붉은 눈을 생각하는 동안 연장통을
흔들며 어린 흑인이 창문을 떠난다. 혀를 길게 빼문 밤. 가
장 어두운 색깔로 사람들이 폭죽을 터뜨린다.

동거녀

깨어나면 몸의 구조가 바뀌어 있어. 네가 사이프러스 나무 밑에서 너무 많이 울어 떨어뜨리고 온 혓바닥이 생각나. 그때부터 너는 왼손으로 말하기 시작했어. 내 눈 하나는 허벅지에 붙어 사라진 장면을 향해 감았다 떴지. 피로 가득 찬 자궁이 자꾸만 아래로 내려갈 때 너는 창문을 연다. 호루라기 소리가 들려. 경찰은 고양이가 먹다 남긴 쥐의 얼굴을 만지네. 네 등 뒤에는 무릎뼈에서 떨어져 나간 통증. 깨어나면 집의 구조가 바뀐다는 걸 알고 있던 너의 손을 잡는다. 가스가 조금씩 새는 가스통 위에서 창백한 구름을 보는 동안 우리가 맞잡은 손이 방문 밖으로 빠져나간다. 너는 발바닥에서 꿈틀거리는 내 눈 하나를 줍고 있구나. 눈(雪)이 올 것 같아. 손에 감은 붕대처럼 붉은빛이 스민 눈이.

.

최국희 약국

밤이면 약국은 낮에 보았던 창문들을 거둬 갑니다

이제 모두가 훔쳐보는 밤에만 볼 수 있는 창문입니다

최국희 씨는 새를 키우는 소년을 오늘도 만나지 못했습니다
부서진 새장을 들고 알록달록한 알약처럼 소년은 얼굴이 여러 개였는데요

딱딱하게 굽은 손가락으로 창문을 콕콕 찍습니다

귀밑머리가 푸르게 상할 때까지 불빛은 밤의 얼굴로 다시 태어납니다

환자들의 심장에 대고 검버섯 핀 뺨을 문지릅니다
그녀는 신(神)의 내부와 닮았습니다

공중으로 떠오르는 알약들을 떨리는 손으로 감싸 줍니다
새장을 들여다보는 소년의 심장을 떠올립니다

유리문에 기대 십자가를 문지르는 그녀

약국에는 새롭게 태어나는 심장들로 가득합니다

려(曆)의 기원

아이는 다리 밑에서 새의 하나만 남은 발을 만졌다. 소녀는 천변을 거닐면서 깨끗한 겉옷을 하나씩 벗었다. 더 이상 자라지 않는 나무는 검은 비닐봉지를 뒤집어쓴 채 하늘의 표정을 떠올렸다. 입원실에서 처녀는 하반신을 검은 피로 가득 채웠다. 밤은 잘린 얼굴을 이어 붙이며 빌딩 사이를 건너왔다. 뚱뚱한 아줌마는 둥글게 휜 척추를 낯선 사내의 등 속으로 깊숙이 밀어 넣었다. 머리통을 꼭대기에 걸어 두고 사라지는 노파들의 이상한 귀가. 교회는 모든 종소리를 멈추었다.

아이는 새의 한쪽 날개를 바닥에 그렸다. 놀이터 의자에 앉아 풍경은 몸으로 만들어진다고 소녀는 공책에 적었다. 처녀는 링거 병 속으로 바람을 집어넣었다. 사내는 팽팽하게 부푼 등뼈를 직선으로 맞추고 제 몸을 빠져나갔다. 흰 얼굴들이 매달린 가로등은 구석으로 긴 목을 떨어뜨렸다. 하늘은 눈먼 나무의 표정을 구름 속에 옮겨 두고 눈을 감았다. 한번 닫힌 교회의 문은 열리지 않았다. 안경을 벗은 어머니는 마지막 달력을 찢고 날짜를 다시 쓰기 시작했다. 한 번도 사용한 적이 없는 려(曆)이었다.

2부

언니에게

겨울밤에는 밖에서 안으로 들어가고 싶어. 밖에서 안으로, 아무도 없는 안으로 들어가려 할 때, 차가운 칼날 같은 손잡이를 떼 낸다. 손잡이가 있으면 한 번쯤 돌려 보고 배꼽을 눌러 보고 기하학적으로 시선을 바꿔 볼 수 있을 텐데. 어머니가 방바닥에 늘어놓은 축축한 냄새들. 언니라고 부르고 싶은 버섯들이 있었는데, 잠에서 깨면 어머니는 버섯 머리를 과도로 똑똑 따고 있었다. 손잡이를 어디에 붙여야 할까. 너는 아래쪽에 서 있다. 몸속이 어두워질 때마다 울음을 터트리는 이상한 반동. 축축하게 썩어 들어가는 안쪽을 언니라고 부르고 싶어. 너는 봉긋하게 솟은 버섯 같은 자신의 심장에 손잡이를 대고 안쪽을 열어 본다. 거꾸로 자라나는 버섯들이 잠에서 깨어 어머니의 머리를 똑똑 따 내고 있다. 네가 밖에서 안으로 들어가려 할 때, 바깥에 두고 온 손잡이를 어두워서 찾지 못할 때, 아무도 없는 안쪽이 버섯 모양으로 뒤집어질 때, 너는 성에 낀 202호 창문을 언니라고 부르기 시작한다.

설탕을 먹는 저녁

천변을 따라 걸을 때 우리는 여자도 남자도 아니었습니다. 저녁이면 주머니 속에는 설탕이 가득했습니다. 태어나면서 배꼽 주위의 폭풍이 사라진 것을 우리는 잊지 않았습니다. 서로의 귀에 입김을 불어넣으며 하얗고 달콤한 종족처럼 가르르 웃었습니다.

키가 큰 애들은 모든 바람이 정수리 끝으로 모입니다. 어른들이 지나가는 하류 쪽으로 머리가 기울어질 때마다 표정을 하나씩 잃었습니다. 천변으로 떨어지는 저녁의 구름 때문에 아무것도 볼 수 없었습니다. 막대기를 휘휘 내저으며 그린 비명은 바람의 세기를 가리지 않고 추운 계절이 되었습니다.

교문 밖에서 하루 종일 입술을 잘근잘근 씹었습니다. 우리는 혀끝으로 천천히 녹여서 입술을 먹었습니다. 갑자기 길어진 서로의 목을 꾹 눌러 보는 동안. 설탕 가루가 떨어지는 동안. 우리의 몸속에서는 죽은 유전자들의 조합이 계속됩니다.

설탕이 남아 있다면 우리는 여자도 남자도 아닙니다. 저녁이면 반성문을 창문에 붙여 둡니다. 하굣길 빨간 혀를 날름거리는 우리의 입이 점점 벌어집니다. 죽죽 늘어나는 서로의 목덜미를 박박 긁으며 달콤해지려는 종족이 됩니다.

거품이 둥둥 떠다니는 천변은 폭풍이 오기 전입니다.

자산법

그녀들이 염산을 뿌린 것은 방법을 모르기 때문이죠. 새벽에는 푸른 알이 가득합니다. 이제 그만. 그녀들은 매달 태어나는 아기를 어떻게 죽여야 할지 알 수 없습니다. 뱃속을 열어 보니 곰보 핀 빵뿐이네요.

아기를 업은 포대기에 손을 넣고 맨발을 시멘트 벽에 콩콩 찧습니다. 소녀는 영원히 멈춰지고 있는 중입니다. 번뜩이는 흰자위를 핥고 있는 검둥개. 소녀는 꼬리를 문 채 돌고 돕니다.

큰언니들은 손바닥으로 골목의 온도를 잽니다. 남의 옷을 훔쳐 입고 남의 치즈를 훔쳐 먹고 어른이 될 때마다 이 도시의 하나뿐인 병원은 미어터질 지경입니다. 포성이 멈춘 시간이면 희희낙락하던 어제의 소녀와 오늘의 소녀가 함께 문병을 갑니다.

자살에 실패한 밤은 염산으로 주르륵 흘러내리는 얼굴을 소녀의 머리 위에 올려놓습니다. 모래언덕을 건너가면 이 전쟁에서 남은 것은 저 숲으로 기어가는 수많은 소녀들.

늙은 정령은 숲이 낳은 뭉툭한 아기들의 손발을 물어뜯습니다. 그게 끝이라면 그녀들은 또다시 뱃속을 열어 볼 텐데요. 숲의 입구에서 뒹구는 염산 병은 소녀의 검은 거웃을 아직도 태우지 못했습니다.

젊은 군인들이 병원을 지나 도시의 끝으로 행진합니다. 자꾸만 가려워지는 소녀의 옆구리에서는 눈먼 짐승이 머리를 내밀고 있습니다.

.

왼쪽 뺨을 내밀라

뺨에는 붉은 구름
물든다는 것은 비어 있다는 것과 같은 걸까

이건 훔친 것이 아닙니다
교무실 창밖을 보는 건 비둘기의 부러진 한쪽 날개 때문
이에요

집에서 길을 잃었어요
방 속에 방이 있고 그 방 속에는 엄마의 방이 있는데요
엄마는 밤이 새도록 재봉틀만 돌렸지요

저 많은 천들을 언제 다 이어 가겠니?
뒷목에는 오드아이*처럼 색다른 것을 붙여야 해

이제부터 재봉한 날개는 버릴 거예요
엄마는 지문이 없어질 때까지
잘린 몸을 이어 붙이는 난쟁이입니다
수천 개의 무명천입니다

학교 담장 너머로 가볍게 사라지려는 너를 만지면
아직 다 자라지 못한 흰 뼈의 덜컹거림

찢어진 내 치마를 여며 주고
열다섯이라는 숫자를 써 준

너에게 나는
얻어맞은 왼쪽 뺨

이 악물고 왼쪽 뺨을 내밀어 줄게
모든 구름이 사라질 때까지

* 양쪽 눈 색깔이 다른 현상. 주로 흰색 고양이에게 자주 발견된다.

소녀는 던진다

리코더 합주 소리가 울린다. 성산중학교 담벼락에는 붉은 피가 번져 있다. 새벽의 진통은 끝나지 않았어. 소녀는 창밖으로 깨진 이빨을 던진다. 어제는 담벼락에 숨어 세탁소에서 흘러나오는 드라이클리닝 냄새를 맡았어. 사람들이 벗어 놓은 가죽이 펄럭거릴 때마다 다리뼈가 헐거워지는 느낌. 수업 종소리는 피 묻은 담벼락을 넘어간다. 선생님은 합주를 할수록 점점 더 커지는 리코더 소리 같아. 이층 교실에서 빈 도시락을 던진다. 소녀는 이미 병들어 멈출 수 없는 자신의 여러 가지 투척을 알고 있다. 붕대를 감아도 진통을 숨길 수 없는 나무들을 봤어. 몸속으로 던진 면도날이 상처였다면, 다리 잘린 새들은 사랑하지 않는다고 말하는 남자처럼 멋졌을 거야. 교문을 일찍 나서면서 소녀는 치마를 돌려 입는다. 뒷골목이 날 지켜 주길 기도했어. 차가운 손을 햇살 속으로 던지며 소녀가 달린다. 미래를 기다리는 것은 지하방으로 떨어지는 고양이처럼 새로운 투척. 영원히 멈추고 말겠어. 소녀는 왼쪽 뺨의 칼자국을 긁어낸다. 세탁소 옷걸이에 몸을 걸어 둔다.

봉인

나는 귀가 가장 어두운 동물입니다 젖은 베개를 마당에 널어놓고 검은 머리칼을 떨어뜨리면 아무것도 듣지 못하게 될 거예요 방문을 긁고 가는 철근 소리 어젯밤 큰언니들이 창밖에 걸어 두고 간 토끼의 빨간 귀 이건 놀이의 시작일 뿐 생물 시간이 되기도 전에 토끼의 목을 여섯 번이나 찌르던 큰언니들의 찬란한 노랫소리 너무나 많은 계단 때문에 우리 집은 꼭대기에 봉인되었습니다 언니는 머리칼을 한쪽 귀 뒤로 넘기며 쪽지를 씁니다 베개의 나이는 헤아릴 수가 없네요

언제 저 계단을 다 내려가나요 베개에 한쪽 귀를 묻어 두고 언니는 흐르는 피를 닦아 냅니다 우리 언니에게는 가장 어둡고 축축한, 미학적인 부위가 있는데요 아무도 그걸 찾을 수 없다고 생각하면 나는 가슴이 두근거려요

교련 시간

학교 옥상에서 미끄러지는 순간을 뭐라 불러야 할까 붕
대를 둘둘 말고 교련 시간에는 아무도 모르는 사람을 구
하는 법을 배운다

『이방인』을 무릎 위에 올려놓고 너는 딱 한 페이지만 읽
는다 맨 뒤에 앉아 창밖으로 흘러가는 구름의 귀퉁이를
칼날로 도려낸다

태양 때문에 누굴 죽이지는 않겠어 쌍둥이는 한 군데서
달라진 얼굴을 마주 보고 침을 뱉는다

붕대를 감는 시간보다 푸는 시간이 더 빠른 너, 책상 밑
으로 기어가 바닥에 이마를 쿵쿵 찧는 너는 『이방인』의 살
인 이후 장면은 궁금하지 않다 담장의 나무들이 똑같은
얼굴로 창문을 긁는다

시범을 보인 쌍둥이는 삼각 붕대를 풀고 일어난다 모르
는 사람을 위해 간호사 모자를 쓴다 완벽하게 똑같지 않다
면 너는 왜 내 심장을 누르고 태어난 거니

동생의 꿈은 유전학자 밤마다 학교 담장 벽돌의 유전자 공식을 만들며 어떤 벽돌을 빼내야 하는지 고심한다 옥상에서 미끄러지는 순간에는 몇 개의 유전 조합을 만들어야 공중으로 떠오를까

　붕대를 쓰레기통에 처넣고 너는 꼭대기로 올라간다 자신을 구원하고 싶었던 페이지를 딱지 모양으로 접는다 딱하나의 다른 표정을 기억하고 붉은 눈이 된다

지율 학습 시간

　욕조에 담긴 붉은 손. 뼈 없는 손.
　천천히 떠오르는 이 피를 어떤 도형이라 부를 수 있나.

　남의 도시락을 쓰레기통에 버리고 너는 체육복을 찢는
다. 이 순간에는 악역이 최선이야. 배고파. 골목길에서 사내
가 목을 핥으면 너는 고체의 질감을 생각해.

　자율 학습 시간이면 나무 책상에서 손 모양을 커터 칼
로 파내는 너를 어떤 질감이라 부를 수 있나. 왜 나무들은
온통 뼈로만 이루어져 있을까. 백태가 가득한 혀는 왜 딱
딱하지 않은가. 잘못 파낸 손가락에서 피가 번질 때 나는
빽빽한 연습장 글씨를 지운다.

　왜 창문들은 온통 뼈로만 이루어져 있을까. 붉은 뼈를
쓰다듬으며 배고픔의 질감에 대해 생각한다. 악역의 마지
막 결론은 이런 것이 아닌데.

　욕조에 누워 손들이 둥둥 떠오르는 것을 본다.

성인식

저는 문 뒤에 있었어요. 박쥐처럼 거꾸로 매달려 있었죠. 오줌 줄기가 가느다랗게 새어 나오는 신부님의 다리에 얼굴을 묻고 싶었답니다. 모든 역사는 말하는 순간 거짓이 되어 버리는 걸까요. 심장만 도려낸 어린아이들을 피라미드 밑으로 던져 버렸다는 어떤 꼭대기도 저의 기원에는 다다르지 못할 겁니다. 어머니는 화석에서 꺼내지 못한 저의 심장에 대해 말했어요. 그때 그것을 꺼냈더라면, 너를 사막에 두고 오지는 않았을 거야. 저는 어른이 될 때까지 차가운 유방만 가지고 살았습니다. 이상하죠, 집으로 가는 골목에 들어서면 제 가슴 근처에서는 검은 손톱이 자라났어요. 저는 점점 더 뾰족하고 두꺼운 몸을 가진 박쥐가 되었습니다. 아저씨들도 죽은 역사 때문에 제 심장에 손을 넣고 입김을 불어넣었나 봅니다. 저는 많은 손을 가진 박쥐여자가 되었습니다. 지하에서 울려 퍼지는 성가는 부드러웠고요. 기도 시간이 되면 저는 까맣게 타오르는 손으로 제 유방에서 돋아난 수많은 손들을 잡았어요. 어린아이가 되고 싶은 아저씨들을 지나올 때마다 저는 어머니를 불렀답니다. 어머니는 마지막 문 뒤에 있었어요. 박쥐처럼 새끼들에게 거꾸로 매달리는 법을 가르쳤죠.

문장론

2007년 여름에는 어린 당신이 잠든 방 벽에 지도를 붙여 놓습니다. 말할 수 없는 도시를 조금씩 지웁니다. 당신은 달구어진 바늘을 식염수에 담급니다. 당신을 괴롭히는 건 기형이 아니라 쉽게 가라앉지 않는 피부야. 멍든 그대의 팔뚝을 만지며 마지막 출근을 합니다. 주전자 뚜껑을 열고 가벼운 욕설을 채워 넣는 시절. 문장을 배우기 전입니다.

2005년 여름에는 창문에 붙은 별자리를 봅니다. 은색 날개를 펼치고 신의 주변을 맴돌던 까마귀들. 잊혀진 유물론자는 방 안에 활자를 늘어놓는 재주를 뽐내고 있습니다. 밤이 새도록 음악을 들었지만 그저 엎드린 짐승일 뿐이야. 베란다에는 누군가를 앉히기에 실패한 나무 의자들만 배달됩니다. 여권의 갱신 기간을 달력에 적습니다. 문장을 쓰기에는 너무 더운 밤입니다.

1989년 여름에는 매일매일 당신에게 보내는 여러 개의 단어를 씁니다. 한 번도 본 적 없는 당신은 어떤 여름에도 얼굴을 바꾸지 않습니다. 홀로 교실에 앉아 까만 잉크로 책상 위에 문신을 새깁니다. 당신을 만든 건 기형이 아니라

입속에 담긴 도루코 날이야. 흩어진 단어들이 굴러다닙니다. 온통 시커먼 관절들이 삐걱거리며 복도를 걸어 다니는 계절입니다.

장미

내 등에서 몇 세기 전의 울음이 잠자고 있는지도 모른
다. 아침에 일어나면 욱신거리는 등이 1센티미터씩 오른쪽
으로 휜다.

의자에 앉아 등뼈에서 흘러나오는 호흡을 듣는다.

천장에 일렁이는 물비늘을 본다. 몇 세기 전의 고통은
어떤 말로 타인에게 전달되었을까. 마당에 널린 흰 빨래들
은 바람의 얼굴을 감싸 쥐고 흐느낀다.

지붕에 고인 물이 방 안으로 스며든다. 위로받지 못하는
건 점점 휘어 가는 내 등만이 아니다. 어떤 종족은 사라지
고 싶어서 비명을 안으로 삼킨다. 나는 눅눅한 책을 덮고
창문을 닫는다.

아침에 일어나면 등뼈에 축축하게 물이 차오른다. 장마
가 시작되는 것이다.

일기예보

기상 캐스터를 볼 때마다 아이는 숨이 차요. 우주 비행에는 점성술이 필요하거든요. 쪽방에서 인형의 눈을 붙이며 아이는 소년이 되었어요. 광막한 지대로 가는 것이 별들의 이야기가 아니라면 누구의 사연일까요? 겨울바람이 휘몰아치면 지붕 위로 올라가 친구들을 위한 장기예보가 되고 싶어요. 체로키족은 12월을 다른 세상의 달이라 부른다는데, 자정 뉴스의 기상 캐스터를 보면 왜 얼굴이 달아오를까요. 다른 세상으로 통하는 날씨는 언제쯤 말해 줄지 알고 싶어요. 마지막 인형의 눈을 붙일 때 오늘 기상 캐스터는 눈부신 흰 셔츠를 입고 구름의 이동속도를 말하며 웃었습니다. 점성술은 바빌론에서 참 적나라한 이야기! 인형이 계단에서 실족(失足)하는 순간, 소년은 떨어진 수만 개의 눈을 주우며 끝없는 길을 걸어요. 춥기 전에 쪽방으로 돌아가야 하는데 광막한 하늘에서 인형들의 뼈가 흘러내려요.

할지들이 길게 나오르며 태양으로 올라간다

흰 개구리가 돌 위에 앉아 있다. 단도로 반을 가른 개구리를 먹는 꿈. 삐걱거리며 침대 위를 구른다. 나는 종이를 토하는 사람. 활자가 엎드린다. 이 방을 떠나야 한다. 낡은 테라스로 흘러가 죽은 친구가 보낸 편지를 읽는다. 모로코 해변에서 읽는 활자들은 모두 행복한 곳으로 가서 나를 부르네. 언니, 언니는 내가 걱정되겠지만, 나는 좋아. 언니도 이곳으로 오면 좋아할 거야.

싸구려 나일론은 불이 잘 붙지. 노점상 여인은 인도산 스카프를 두른 채 얼굴에 화상을 입었다. 해변 사람들은 우기가 끝나면 인력거를 몰고 바다로 돌아온다. 나는 불씨를 토하는 사람. 까마귀 떼가 모래처럼 쓸리며 열대나무 숲을 떠난다. 붉은 구슬이 검은 개의 입속으로 굴러가는 행복한 장례식.

미래안(未來眼)

크레타 섬에는 대리석과 염소와 죽은 왕들. 푸른 이마를 문지르며 노인이 옆 노인을 끌어안는 장면. 에게 해 절벽에서 우주 원자론이 처음 시작되었다는 것. 밤이면 얼굴을 깎아 비석을 세우는 여러 개의 니코스 카잔차키스 술집. 잘린 토끼 머리가 정육점 유리창에 매달려 귀를 길게 세운다. 죽는다는 건 홀로 있는 자신을 볼 수 있는 것. 노인이 옆 노인의 목을 끌어안고 염소처럼 운다. 따뜻한 언덕에서 지친 노년이 다른 노년을 배웅하는 것. 저녁이면 흔들리는 에게 해 물빛. 수학 시간 옆자리에서 동맥 끊기 놀이를 하던 내 첫사랑 소녀의 까맣고 푸른 동공 같은. 절벽에는 죽은 왕들의 비밀 문자. 어린 왕은 진공 없이 텅 빈 바다를 봤다고 썼지만 홀로 남은 시간에는 우주에 꽉 찬 숫자를 보고 운다. 크레타 섬 정육점 유리창에 붙어 토끼 이마에 툭 불거진 뼈 하나를 보는 저녁. 노인이 천천히 쓰러지는 옆 노인처럼 푸르고 푸르게 물이 드는.

음아의 내부

이 계단은 소리들 위에 떠 있다
입을 다문 짐승처럼 짖는 법을 모르는 계단
나는 얼룩무늬 꼬리를 따라 소리 안으로 들어간다

틈과 틈 사이 끝나지 않는 비트
난간의 뼈를 뚫은 못이 흔들리고 있다

울고 있는 내부를 만져 보지 않아도 음악의 형태를 말할
수 있다면
휘파람 부는 방향으로 흘러가는 피 냄새

아무리 올라가도 짐승의 빛 안이라니
나는 얼룩진 손바닥을 펴 본다

저녁에는 구름이 사라질 것이라고 믿었다
내가 맛볼 수 있는 것은 어째서 피뿐일까
바람 안으로 모든 음(音)이 모여들고 있다

홀로 떠오를 수 없는 계단

죽은 고양이를 밟고 선다

언제쯤 저 짐승은 뼈를 먹을 수 있을까
구름 안에서 녹슨 못들을 꽉 움켜쥐고
음악을 흘려보내는 너는

베개

이 하수도에서 나는 나의 친구가 된 것일까. 교장 선생님이 자살한 개천가에서 거위들이 울었다. 철조망 밖에는 커다란 구름 굴뚝. 나는 하수도 밑에서 주운 맥고모자를 썼다.

구름이 몸을 굽혔을 때 거위들은 쩍쩍 부리를 벌렸다. 열을 맞춰 구름을 굴뚝 안으로 밀어 넣는 기계 울음소리. 왜 더 나은 자살은 보이지 않는 것일까?

아버지는 천변 끝에 집을 지었는데 매일매일 구름을 기계 안에 넣고 돌렸다. 잠들고 싶은 자들은 아버지의 베개를 사 갔다. 나는 밤새도록 눈을 부릅뜨고 몸을 굽혔다 폈다. 뼈들이 덜그럭거릴 때마다 도망쳐서 굴뚝까지 올라갔다. 어떤 울음소리를 내야 할지 생각했다.

저물녘이 되면 많은 사람이 있는 곳으로 가자고 재촉했지만 기계 안에서 거위들이 피를 흘리고 있었다. 깊은 잠을 위해 촉촉한 깃털을 넣어야 한다는 아버지. 나는 베개 라벨지 숫자를 세며 입술을 빨았다. 아무래도 더 좋게 죽은 자들의 기운은 수많은 잠이 흘러가는 하수도로 가야 한다.

솜틀 기계를 돌릴 때에는 모자를 썼다. 자살한 자들이 엎드린 개천에서 흰 깃털이 날아올랐다. 나는 내 손을 잡고 깃털을 밟으면서 아침마다 학교에 갔다. 뒤뚱거리며 계속해서 앞으로 나아갔다.

벨리지오 모텔

1

도시는 훌륭한 악기야. 태양의 흑점을 지나온 까만 인형들이 로비 창가에 앉아 머리를 기르고 있다. 지구가 반 바퀴 도는 동안 비릿한 고등어 냄새.

2

고등어 통조림 속에 손가락을 집어넣는다. 사진기는 가져오지 않았다. 벨라지오 모텔 403호 창문에 기대 지느러미를 하나 둘 세어 본다. 통조림 뚜껑처럼 똑, 인형의 동공이 열리고

3

늙고 비늘이 많은 소년이 방으로 들어간다. 붓 한 자루처럼 검은 머리로 잠을 그릴 거야. 목 잘린 인형들이 방문을 발로 차며 먼지를 쓸어 낸다. 줄줄 녹아내린 고무 눈알이 창가에 모여 있다.

4

인형들이 웃을 수 있다면 즐거워라, 모든 질감이 만져지

는 도어록. 비루한 잠 속으로 깍지 끼고 걸어 들어가는 소년 소녀들의 은밀한 지느러미를 만져 볼까. 인형이 열린 동공의 아이를 낳고. 이제 공산품 같은 여행을 떠나자.

3부

여름의 귀향

낯선 사람들 뒷주머니에 꽂혀 있던 칼. 무성한 숲은 날카로운 잎으로 여름의 얼굴을 그렸다. 사람들 이빨은 검고 사탕수수 단물은 새의 목을 붉게 물들였다. 숲의 난간에 기대 늙은 난쟁이는 목각 인형을 만들었다. 해가 지기를 기다리는 인력거꾼은 졸음을 참지 못했다. 식당에서는 파란 도마뱀이 그릇 위로 떨어졌다. 식당 창살 아래서 작은아버지는 오랫동안 위암을 앓았다. 서녁 하늘 밑으로 굴러가는 이국(異國) 아이들의 자전거를 타고 작은아버지는 원 달러를 꺼냈다. 숲을 향해 페달을 밟았지만 날지 못하는 새의 목은 부어 있었다. 아프기 시작한 곳이 고향이야. 돼지기름이 떠 있는 쌀국수를 천천히 씹으며 작은아버지는 길고 가느다랗게 달러를 접었다. 긴 낭하를 울리며 짐승의 딱딱한 혀 같은 저녁이 내려왔다.

연대기

아버지가 물을 찾아 떠나고 납골당 안에서 나는 잠든다. 내 안에 이렇게 물이 많은데 아버지는 왜 나무속을 파먹으며 이를 가는 걸까.

목이 마른 아버지는 냉장고에 통째로 머리를 두고 비행기를 탄다. *모래 밑으로 내려가라, 끝없이 밑으로 내려가 철골을 세워라,* 먼 이국에서 어떤 사내는 젊은 감독관의 옆구리에 삽을 찔러 넣는다.

그해 여름에는 다리 사이에 목을 집어넣는 놀이. 자경이도 은애도 자기 치마 속을 들여다본 건 처음. 나는 아버지가 두고 간 머리를 꺼내 미끄럼틀에서 미끄러진다. 치마 속에서 붉은 모래가 떨어진다.

냉장고에 슈트케이스를 집어넣고 백발이 된 아버지. *사해(死海)의 소금을 너무 많이 먹으면 불타는 목소리를 갖게 된다.* 새벽마다 더듬거리며 자신의 목을 찾아 헤맨다. 고향도 아닌 먼 산속에 납골당을 짓고

유골 단지 가득 물을 부어도 하얀 뼛가루가 떨어진다. 마지막 계단으로 내려가 철골을 세우면서 아버지는 목소리를 생각한다. *거꾸로 보면 안 된다, 물 흐르는 대로 가자.* 나는 축축한 걸레로 단지를 닦는다.

형광등 아래서 물을 쏟아 낸다. 내 안에 이렇게 물이 많은데

등을 구부린 흰 두더지가 천천히 젖은 나무속으로 들어간다.

휴일

반대 방향에서 밑돌을 박고 돌아와
석공은 비에 젖은 등을 내려놓는다
여자 같은 건 있지도 않은데, 왼쪽 주머니가 축축하게 젖고
바닥에 누워 지붕에서 떨어지는 물고기를 기다린다

설계도면 0의 지점에는 아무것도 세우지 않는다고 했는데
물고기는 도면을 스치고 간다

저수지에 빠진 이 동네의 연혁은 읊지 말라고 했을 텐데
십장은 삽자루를 움켜쥔다
그래도 모서리가 자꾸만 썩잖아요
이제 무언가를 박고 세우는 짓은 깊고 어두워지는 너의 표정으로 마무리 짓자
십장은 구덩이를 파고 물고기처럼 입술을 지우며 운다
이봐요, 촌스럽게……

남은 형판을 쓰다듬다 석공은
손끝에 돋아나는 비늘을 만져 본다

0은 아무 모형도 없는 좌표

다만 휴일에도 자꾸 실패하는 공사가 있다

그는 돌을 쓰다듬는 직업. 돌을 세우는 직업

지느러미를 흔들며 돌 속으로 들어가는

전시회장의 개

그의 얼굴을 입안에 넣고 울고 있는 개

오래된 사진이 한쪽 벽에 걸려 있다

피를 흘리며 흰 벽을 건너가는 개

한 여자가 빗속에 붉은 장갑을 던진다

바람의 무늬를 밟고 골목으로 돌아오는 검정개

수만 개의 긴 머리칼처럼 장마는 기둥의 목을 휘감는다

옆집 모녀 통성기도를 들으며 그의 얼굴을 먹는 개

동물을 죽여 본 적 있어?

노란 눈알을 부비며 모녀가 대문을 연다

먹다 남은 그의 얼굴이 사라지고

새로운 가족 전시회가 열린다

공

아기는 태어나면서 제 몸을 깨뭅니다. 담요에 달라붙은 개미들이 다 자라지 않은 혀 속으로 들어옵니다.

겨울 숲을 향해 어린 엄마는 걷습니다. 굼벵이 같은 년 직립할 때까지 얼마나 걸릴까. 은백양 잎들이 톱니를 갈며 흔들립니다.

아기는 전생의 죽음을 보고 있습니다. 그것이 붉은 파장이 아니라면 무엇일까요. 독거미의 독을 파먹고 자라는 대모벌처럼 배를 물어뜯네요. 살점을 입에 물고 아기들은 호흡법만 진화합니다.

코를 대고 엄마의 오줌 냄새를 맡습니다. 이제 막 생겨나는 유치를 갈며 개미들을 삼킵니다. 아기는 차가운 공기 속으로 들어가는데요.

겨우내 아무도 알 수 없는 비밀의 숲으로 나무들이 걸어갑니다. 하얗고 선명한 유치가 떨어져 빛나는 공터. 둥그런 공 하나가 굴러다니네요. 부드러운 뿌리는 담요에 싸인 공을 파먹습니다. 찬란해지는 순간입니다.

옥탑방

너의 다리는 오므려지지 않아. 옥탑방 문턱으로 기어가는 너. 입을 벌리고 있다. 구멍을 가려야만 깨끗한 어른이 되는 거라고 어머니는 강조한다. 나는 너를 돌봐 줄 거야. 문턱에서 척추가 부러진 채 너는 바람을 토해 낸다.

네 다리 사이에는 계단이 놓여 있어. 나는 옥탑방, 공중의 뱃속, 딱딱한 구름의 노예로 살아왔는데, 눈도 뜨지 못한 너는 두부처럼 으깨지는 법부터 배운 걸까.

아무리 빨아도 걸레 같은 미역국. 이제부터 다정한 유모가 되어 주려고 했어. 너의 다리는 점점 더 벌어지는구나. 아무것도 토해 내지 마. 모든 구멍을 닫아 줄게. 이불 속에 너를 감싸 둘게.

붉은 천은 태양의 표면처럼 공중으로 번져 간다. 지붕 위에 있는 방은 하늘과 가장 가까운데 구름 아이야, 너는 왜 내려가려고 했니?

계단 위로 올라오는 유기견 울음소리. 방문을 꼭꼭 닫아

라. 애야, 문밖을 나서니 온통 구멍 천지구나. 발목을 조심해야지, 나는 어머니처럼 짖어 본다.

내 몸 밖에도 구멍이 있다고 어머니는 왜 말해 주지 않았을까. 철골 사이를 빠져나간 너는 둥글게 둥글게 무한히 확장된다.

시령신

칼을 내리칠 때는 숨을 멈추어야 해. 그녀는 손가락을 꺾습니다. 수백 개의 심장을 도려낼 때 말입니다. 아이는 동물의 심장으로 쑥쑥 자라네요. 정육점 바깥을 빙빙 돌면서.

단 한 번의 힘으로, 아이의 비행이 시작되었습니다. 눈은 스스로를 볼 수 없어요. 속눈썹이 긴 돼지 눈은 언제나 밖을 향합니다.

별 도장을 찍는 손바닥이 별빛으로 물드는 것을 봅니다. 혀를 대고서야 별이란 뜨겁고 비린 맛이라는 것을 알게 되었습니다. 생살이란……

그녀는 냉동실 진열장 안으로 들어갑니다. 아무도 자신을 본 경험이 없어요. 우주 공간에는 바다, 천장, 벽도 없다는데 돌아오지 않는 무중력 항해를 하는 건가요.

거울 앞에 앉아 매일매일 축지법 책을 읽습니다. 단 한 번의 비행을 위해.

아이는 조종석에 앉아 숨을 참고 안쪽 부위들을 진열합니다. 이곳에는 지구로 귀환할 수 있는 유일한 사령선이 떠 있습니다.

헤바라기

새벽이면 깨어나는 씨앗이 있습니다. 얼어 죽은 소녀가 지나가는 사람들을 천천히 훑어봅니다.

검은 머리칼이 하수도 구멍으로 빨려 듭니다. 노파는 이제야 소녀의 귓속에 손을 넣고 하나의 문장을 꺼냅니다. 머리카락은 꼭 땅에 묻어야 한다.

창문에는 쫓겨 온 사람들의 표정이 새겨 있습니다. 서로의 머리 가죽을 벗기며 주문을 외웁니다. 나는 가면을 쓰고 창문과 마주 섭니다. 핏빛 얼음 조각이 떨어집니다.

사람으로 부활하지 않으려고 귀에 독을 넣어 주던 시대가 있었습니다. 죽음의 연금술 같은 완벽한 구름이 떠 있을 때, 화학기호가 귓속으로 들어와 고전적인 아름다움을 완성할 수 있다면.

버려진 박스를 자루 안에 넣던 노파. 한쪽 눈을 뜬 채 창문 안쪽에서 얼어 있습니다. 녹아내린 머리카락을 손에 쥐고.

"아후라 마즈다는 연민으로 식물을 자라게 했다."* 누구
든 새벽이면 이 주문을 완성해야 합니다. 하수도 구멍에서
푸른 줄기 하나가 천천히 목을 빼며 지상으로 올라오고 있
습니다.

* 고대 기도서 『벤디다드』의 한 구절.

한랭전선

입원실 창문에
커다랗게 열렸다 닫히는 귀가 붙어 있다.
나는 작은아버지의 귀가 그렇게 크다는 사실을 처음 알
았다.
온전한 뼈를 골라내는 일은 얼마나 어려운가.
비늘만 남은 작은아버지의 팔뚝을 쓸어내린다.

밤에는 모든 목소리가 선명해진다. 형한테 돌아가겠다고
한 거니. 허리를 숙인 아버지가 그의 귀를 덮는다. 말을 잃고
그는 허밍으로 찬송가를 따라 부른다. 간호사가 주삿바늘
을 빼자 밤은 성경책처럼 단단해진다. 그의 발이 떠오른다.
아직은 아니야. 발을 공중에 두고 아버지가 이불을 갠다.

겨울은 습자지처럼 내 몸으로 스며든다.
몇억 년 전의 나비들이 공원으로 돌아가는 밤.
그렇게 빨리빨리 텅 빈 뼈의 냄새를 맡자.
창에 비친 나는 막
한랭전선을 넘어가고 있다.

굴뚝의 성장담

당인리 발전소 굴뚝에서 연기가 피어오른다

교복을 벗고 매일 저녁
끝에서 끝으로 걷는다

등짝이 불타오르는 기분
언제나 붉은 얼굴로 걷는다

연기처럼 굴뚝에서 생성된다는 건……

키가 크고 난 이후
나는 다리가 자주 구겨진다

척추에서 검은 연기가 피어오른다

등을 구부려
욕조 바깥으로 뻗어 나간 발목을 쥐어 본다
내 몸의 끝을 잘 모르기 때문이다

폐교의 연혁

유리문을 열자 새끼 도마뱀이 서서히 썩었다. 유리관 속에서 어둠이 모든 구멍을 벌리고 있었네. 어떤 원자가 이 물렁한 덩어리를 통과한 거지? 나는 교실 밖 복도에서 심장을 책상 아래에 붙이고 새끼 도마뱀처럼 녹아내렸다.

우리는 불투과성 물체가 아니야. 문 앞에는 단 하나의 책상. 그때 너는 처음으로 목을 졸랐지. 구멍에서 까만 씨앗들이 떨어졌다. 눈 뜨고 만난 최초의 장면에 적응하지 못했는데. 나는 무릎을 적시는 썩은 물이 되어 너를 통과했네.

문밖을 벗어나면 너의 원자들은 돌고 돌았다. 다리가 생긴 이후 생물과 무생물 사이 어떤 공기를 마셔야 할까. 네 근육 아래 숨어 있는 철근들. 생물의 사지는 무생물의 사지와 닮아 있다는데. 숨을 얻기도 전에 문을 열고 우리는 썩기 시작했다.

한번 외부의 공기에 닿으면 형태를 알아볼 수 없게 된다. 책상은 기록을 남기고 나는 구멍을 닫았다. 어두운 문

짝이 철거반 해머에 부서졌다. 생물과 무생물 사이로 우리
는 흘러갔다. 세상의 모든 물과 똑같은 원자가 되었다.

종이인형

　너는 가위질을 너무 못해. 어머니는 빨갛게 부은 눈으로 달에 걸려 있다. 베란다에 나가 공중의 두께를 재 보려고 긴 자를 휘두르지만 수많은 눈금이 밑으로 떨어질 뿐. 엄마, 짧은 비명의 데시벨은 공원의 진동을 증폭시킨다. 나는 부릅뜬 눈으로 하루 종일 꿈속을 향해 걸어가고. 아무도 방문을 닫을 수 없어. 내가 사랑한 종이인형, 뒷면이 없는 것들은 한번 흘려보낸 피를 다시 흡수하지 않는다. 보잘것 없고 선량한 인형을 오릴 때마다 나는 목을 잘라 버려요. 베란다에 서서 어둠 속으로 머리를 들이미는 어머니는 내가 모르는 얼굴. 달에서 내려오지 않는 어머니 등에 눈금이 박혀 있다. 분홍 스커트를 오려서 입히고 나는 인형의 벌거벗은 상체를 뒤집어 놓아요. 얼굴 없는 인형의 등판을 손바닥에 붙여 놓고 나는 왼손으로 느리게 가위질을 한다. 달의 뒷면으로 검은 목들이 둥둥 떠간다.

깔링*

허벅지에서 뼈를 꺼냈다
나팔을 만들었다

침대에 누웠다
새들의 잘린 머리가 밤새도록
죽은 자의 문장을 읽었다

허벅지에 길게 그어진 칼자국을 만지며
그는 다리에서 음악이 시작되었다고 말했다

그 밤,
택시를 타고 국경을 달렸다
수많은 나팔들이 웅성거렸다

티베트에는 또 다른 내가 살고 있다
이따금 한밤의 열 속으로 들락거리는

길고 어두운 뼈 하나가 몸 밖으로 빠져나간다

* 티베트의 악기. 죽은 자의 넓적다리뼈로 만든 나팔.

마트료시카* 나이테

모스크바로 간 그는 돌아오지 않고 있다. 머리칼을 자르고 공중으로 떠오르는 나이테를 센다. 나는 여기 있으면 죽은 사람을 만나. 횡단 열차 같은 건 타지 않아. 그는 가도 가도 끝이 없는 숲에서 옷을 벗고 또 벗는다.

사랑을 하고 싶었지만 죽은 애들은 감당하기 어려웠어. 나는 머리카락을 부친다. 피뢰침 같은 글자를 천천히 만진다. 밤마다 창백하게 식어 가는 머리통을 기억할 수 있을까. 찢어진 지도를 모아 창밖으로 던진다.

모스크바에서 그는 나무인형처럼 버려졌어. 마지막 옷을 벗지 못하고 너와 구름 속에서 같이 잔 날, 네가 애인에서 나무인형으로 사라진 날. 편지를 쓴다. 미칠 것 같은 두려움, 이라고 침엽수림에게 쓴다.

얼음 밑으로 흘러가는 얼굴을 보고 싶지 않아서 그는 지도를 버린다. 긴 머리칼을 몸에 두르고 숲을 떠도는 종족에 대해 읽은 적이 있어. 사랑을 하고 싶지만 삭발한 그는 숲에서 돌아오지 않는다.

창문을 열고 나는 마지막 옷을 벗는다.

* 러시아 전통 인형.

꼬리를 쓰다듬는 밤

작업반장은 셀로판지를 대고 검은 달의 꼬리를 본다. 옆 방 언니는 재봉틀로 한쪽 다리만 박는다. 얇은 벽 너머에 서 나는 조용히 내 엉덩이를 만진다.

모든 옷감에는 품질이 있는데, 언니의 다리가 어둠 속에 서 액체처럼 흐른다. 반장은 셀로판지를 대고 발광(發光)하 지 않는 어둠을 본다. 모든 피에는 품질이 있어.

나는 장안동 쪽방에 쪼그리고 앉아 양동이에 책을 넣고 불태운다.

언니들이 다리에 박힌 재봉선을 아까정기로 지우는 자 정. 언니들은 모두 윗도리만 있어요. 라벨을 붙이고요. 재봉 다리를 굴릴 줄 모르는 나는 퇴화된 꼬리를 쓰다듬는다.

검은 달이 딱딱해지는 동안 반장은 셀로판지를 대고 내 심장을 오래오래 본다. 발광하지 않는 피는 빛을 가둘 수 없어.

남은 꼬리를 밖으로 보내 주세요. 반장은 내 말을 일과
표에 받아 적는다.

토막 난 빛이 심장 안에서 꿈틀거린다.

하늘 위에 떠 있는 DJ에게

새들이 멈추었을 때 서른이 되었다. 모든 풍경을 떼 내 나에게 엽서를 썼다.

잔뜩 취한 서른의 내가 맞추지 못한 문의 구멍을 스무 살의 내가 맞춰 주는 순간. 첫날밤의 이불처럼 벽들이 하얗게 펄럭거렸다.

저 하늘 위에 떠 있는 DJ를 보라. 그는 탈색되는 걸 사랑했고 몰래 잠드는 것도 좋아했다.

부엉이 문신은 부드러운 네 왼쪽 가슴을 향해 날았다.

검은 음표들은 전부 취해 있다. DJ는 환자가 누운 곳에 서만 턴테이블을 돌렸다.

세상의 모든 창문은 음표의 방향이 되었다.

첫날밤은 귀가 먼 병원 의자에서 가장 고결한 사랑을 배운 DJ에게.

월식

어둠이 깔리는 순간
개는 알이 되고 싶다

나는 사방을 버리고 안쪽과 바깥쪽을 왔다 갔다 하지
모든 울음을 모아서 나 혼자 빛이 되려고

실명을 하는 순간
고양이는 개가 되고 싶다

나를 만진다
모든 혐오감은 접촉에 대한 것

죽은 자들의 이야기만 쓴다

바람이 멈추는 순간
안쪽에서 깜박이던 시체가 썩기 시작한다

형태를 얻기 직전에 너의 이야기를 하려고

달 속의 도시

흰 개는 불타오르는 검은 속살을 본다. 피부 안쪽을 보고 싶어. 몇 개의 똬리가 뱃속의 길을 만들고 있는지, 개는 머리를 내놓고 그림자 속으로 타들어 간다.

화덕 옆에 앉아 흰 개의 눈동자가 사라질 때까지 아이가 동그라미를 그린다.

아무도 돌아보지 않는 시간에는 웅크리고 몸을 보려구요. 아이는 난생처음 추위를 잊는다. 내가 나를 껴안을 때 눈물은 가장 뜨거운 안쪽이 될까. 앞발을 들어 눈곱을 떼어 내며 짖는 밤.

구름은 피뢰침에 걸린 채 사방을 돌아본다. 여자가 긴 숨을 토해 내며 기어 나온다. 창문이 없는 버스에서 얽혀 있던 승객들이 서로의 심장에 얼굴을 비춰 보고 있다.

아무것도 보이지 않는 붉은빛. 아이가 여자의 입술을 더듬는다. 왜 우리는 한 가지 말밖에 할 수 없는 걸까요. 여자는 사방에 흩어진 구름을 핥으며 창문이 도착하는 시간을 기다린다.

흑발을 물고 흰 개가 그림자 바깥으로 사라진다. 버스가 지나가는 순간에는 가만히 목을 만져 본다. 마지막 언어는 빛으로 남을까요. 이름을 얻지 못하고 아이는 제 심장에 코를 대고 말라 간다.

여자는 창문처럼 아이 앞에 앉아 빛을 반사한다. 아무것도 움직이지 않는 밤. 세상에서 가장 커다란 진흙파이를 파먹는다.

외국어를 말할 수 없습니다

양동이 바깥으로 흘러넘치는 물을 봅니다. 반 토막만 물에 잠긴 열대어처럼 속옷들이 색깔로 물들어 있습니다. 벽에 붙박인 샤워기 아래서 내 몸은 평면으로 흘러내립니다.

지도에서만 보던 땅의 모습을 확인하러 나는 먼 곳에서부터 왔습니다.

어떤 산책은 뒷모습만이 유일한 길이 됩니다. 사물을 남기려다 사람을 놓친 순간.

커다란 천을 뒤집어쓰고 한 사람이 벵골 만으로 흘러갑니다. 지구에 붙박인 절벽들은 오랫동안 깊은 곳에 숨겨진 구멍을 보여 줄 수가 없었습니다.

뒷모습에서 흘러나오는 한밤의 노래를 향해 잠자고 있던 열대어들이 거슬러 갑니다. 건조한 비늘을 핥으면서, 지도를 확인할 수 없다는 문장을 천천히 지우면서.

욕실 창문을 뚫고 쏟아지는 바람 속에서 나는 가장 더

러운 부위부터 벗어 놓기 시작합니다. 타일 바닥을 뒹굴며 구멍 안으로 스며듭니다. 먼 곳에서 떨어진 붉은 지느러미들, 외국어를 말할 수 없습니다.

무덤 파는 남자

모든 색인표는 너의 일기장에 있어. 하늘에 대해 말할 수 있다면, 어지러운 빛들이 네 손바닥에 가라앉네. 나는 나뭇가지 같은 네 손가락 끝에 달려 있어. 네가 쓰다듬는 모든 색깔은 검은빛 안에서 번호를 달고 흩어진다. 이제부터 이 하늘은 색으로 견인된 너의 방이라는 걸, 모든 페이지에 적는다.

우리는 매일 무너지는 사람들.
안쪽의 장기를 만져 보지 못하고 사라지는 사람들.
너의 손가락 끝에서 분류되는 사람들.
자신을 상상만 하다 살을 더듬는 짐승들.

내부에 가득한 색깔을 너의 장부에 남기고 우리는 잠든다. 뜨거운 재가 바람에 흩날릴 때 책갈피처럼 너의 가슴에 꽂힌다.

우리는 상상으로도 잠이 드는 색깔들.
검은빛 안에 매달려 있다.

생일

옥상에 올라가 검은 쥐처럼 뱅뱅 돈다
모든 별들이 하늘로 쏟아져 울렁거리는 때

이국의 거리에서
파키스탄이라는 욕을 듣는다
그의 얼굴을 마주 보지 않아서 나는 부랑아가 되었다

대륙 하나가 안쪽으로 들어왔다
구겨진 빨래들을 몰래 숨겨 놓고 우는 시간
별은 물질이 붕괴되는 곳*

어둠 속에서 태어난다고 말해 준 이는 누구였을까
벽에 모로 몸을 붙이고 탄생에서 분리되었다
모든 쥐들이 부스러기들을 갉아먹기 시작한 때

* 미셸 카세의 『하늘에 관하여』에서.

한밤의 질주

문과 방 사이에는 긴 구름. 노인들이 서로의 귀를 물어 뜯는다. 붉은 얼룩이 끈끈하게 떨어진다.

나는 커다란 해바라기 속에 얼굴을 묻고 여러 개의 병원을 상상한다. 바람도 없는 뜨거운 공기 속에 내 눈이 들어 있는 것 같아. 구름 속에서 온몸을 구부리고 혼자 떠는 새벽.

마당에서 해바라기의 목을 붙들고 쓰러진 그들을 나는 모른다. 벽돌집 2층에서 노인이 창문을 닫고 사라진다.

검은 씨앗이 빠져나간 해바라기의 얼굴을 파먹으며 인공 눈알이 차오른다. 앰뷸런스가 도로를 질주한다. 오늘은 새로운 골목이 열리고 달아나는 자의 발자국을 보는 여름,

푸른 뼈 하나씩 쌓이다 보면 어느새 문밖은 초원이다. 어린 해바라기들이 시력 5.0의 눈알을 갈아 끼우고 달리기 시작한다.

언니와 물고기와 계단의 시간

김행숙(시인)

1 편지를 쓰는 시간

편지를 쓰고 있는 나는 누군가를 '향하여' 있습니다. 좀 더 정확히 말하면, 누군가를 향하여 '멈추어' 있습니다. 이 시집의 시인은 '정지하는 일'을 하려고 합니다. 정지하는 일을 '한다'는 것은 부재하는 행위, 그러니까 모든 동작에서 힘을 뺀다는 것, 에너지 제로의 상태가 되는 것이 아닌가요. 그러나 정지할 줄 모르는 존재가 정지하기 위해서는 폭발적인 힘이 요구됩니다. 우리가 알고 있는 시간은 끊임없이 앞으로 나아가고 있기 때문입니다. '앞'으로 단 한 발자국을, 마지막 한 발자국을 또 들이밀어야 할 때, 오르페우스는 멈추었습니다. 언제나 네 '앞'에 있으리라 예정된 행복의 약속을 한순간에 망각하게 하는 어떤 힘, 몰락의 경고를 완전히 잊게 하는 사랑의 힘에 그가 사로잡혔기 때문입니다. 무엇에도 무관심한 이 순간은 순수합니다. 이 정지는 '뒤'를 향하여 돌아서는 동작을 가능하게 합니다. "어둡고 축축한, 미학적인"(「봉인」) 내부를, 밤의 깊이를 향하여…….

"하늘을 날지 않는 새들은 동작을 멈출 줄 아는 도롱뇽 같아. 끝에 닿기 전에 한 번쯤 정지하는 일 말야."(「첫사랑」) 툭 뱉은 듯한 이 말에 시인의 존재론적 의지가 담겨 있습니다. "새들이 멈추었을 때"(「하늘에 떠 있는 DJ에게」), 시인은 엽서를 띄웁니다. 이영주 시인이 또, 편지를 쓰는군요. 두 번째 시집에서 우리는 편지를 쓰는 그녀의 구부러진 등과 그 안쪽의 어둠 그리고 빛을 발견하게 됩니다. 누군가는 그녀에게 몹시 답장을 쓰고 싶어질 것입니다. '영주에게', 그렇게 이 글을 시작하고 싶었다고 살짝 고백해도 될까요.

2 안녕, 당신이 보여요! 시간이 보여요!

그 편지에 답장을 쓰는 시간은 그 편지를 다시 읽는 시간이기도 할 것이다. 꼼꼼하게 읽기. 쓰인 것을 뒤집어 읽기. 쓰이지 않은 것을 읽기. 용서해라, 나는 그렇게 네가 쓴 몇 장의 편지를 다시 읽어 보려고 한다. "당신이 보여요, 란 말은 아프리카식 안부 인사"라고 했는데, "안녕! 당신이 보여요! 나는 좀 더 친밀한 아프리카 취향입니다."라고(「나의 인사」), 나도 그녀에게 그런 인사를 하고 싶은 것이다.

새들이 멈추었을 때 서른이 되었다. 모든 풍경을 떼 내 나에게 엽서를 썼다.

잔뜩 취한 서른의 내가 맞추지 못한 문의 구멍을 스무 살의 내가 맞춰 주는 순간. 첫날밤의 이불처럼 벽들이 하얗게 펄럭거렸다.

저 하늘 위에 떠 있는 DJ를 보라. 그는 탈색되는 걸 사랑했고 몰래 잠드는 것도 좋아했다.

부엉이 문신은 부드러운 네 왼쪽 가슴을 향해 날았다.

검은 음표들은 전부 취해 있다. DJ는 환자가 누운 곳에서만 턴테이블을 돌렸다.

세상의 모든 창문은 음표의 방향이 되었다.

첫날밤은 귀가 먼 병원 의자에서 가장 고결한 사랑을 배운 DJ에게.

　　　　　　　　　　　　　　──「하늘 위에 떠 있는 DJ에게」 전문

저 하늘 위에 떠 있는 DJ는 그녀의 엽서 쓰기가 향해 있는 수신자(~에게)이면서 동시에 엽서 쓰기를 향하여 달빛을 보내고 검은 음표를 띄우는 발신자(~로부터)다. 이것은 서른 살의 내가 스무 살의 나에게 쓰는 엽서가 스무 살의 내가 서른 살의 나를 향해 쓰는 엽서가 되는 것과도 같다. 그러므로 서른 살의 나를 스무 살의 내가 구원하기도 한다. 현재와 과거가, 화자와 청자가 서로를 향해 뛰어드는 이 상호성은 여러 개의 목소리들을 한 편의 시에 출현시켰다. 이것은 그녀의 두 번째 시집이 내보이는 변화된 지점의 하나이기도 하다.

그녀의 시에서 과거라는 시간은 지나간 버스가 아니라 현재의 정류장에 새로 도착하는 버스다. 그녀가 현재를 정지하였으므로 과거가 달려올 수 있는 것이다. 그렇게 도착한 버스가 내려놓는 것은 행복의 이미지가 아니라, 이를테면 "철책이 세워진 운동장. 왼쪽 뺨에 남은 손자국. 피 묻은 롤러스케이트."(「나의 인사」) 따위의 풍경이다. 그녀는 쿨한 듯 "풍경은 하나의 취향"이라고 말하지만, 이 풍경들은 결코 쿨할 수 없는 "접촉에 대한 것"(「월식」)들이다. "모든 혐오감은 접촉에 대한 것"이라고 그녀는 말하지 않았는가. 그녀의 취향은 쾌락원칙을 넘어 고통스럽다. "이제 깨끗한 살에 이빨을 박아야 해. 잘 봐, 아름다워지는 것보다 훨씬 더 찬란한 착란의 시간을."(「빛나는 사람」) 벤야민이 붙잡은 과거 이미지는 구원의 시간이었다. 그러나 "아무리 올라가도 짐승의 빛 안"(「음악의 내부」)에 있는 시인은 결코 구원이라는 말을 쓰지 않는다, 아니 쓸 수 없다. 다만, 찬란한 착란의 시간에 그녀의 시가 명시할 수 없었던 구원이 섬광처럼 휙 스쳐 갈 수 있으니, 우리는 벤야민을 빌려 이렇게 말해도 좋을 것이다. "과거는 구원을 기다리고 있는 어떤 은밀한 목록을 함께 간직하고 있다. 우리들 스스로에게도 이미 지나가 버린 것과 관계되는 한 줄기의 바람이 스쳐 지나가고 있는 것은 아닐까?"(「역사철학테제」 2) 그리고 21세기의 한 시인은 이렇게 중얼거리고 있는 것이다. "내 등에서 몇 세기 전의 울음이 잠자고 있는지도 모른다. (……) 몇 세기 전의 고통은 어떤 말로 타인에게 전달되었을까."(「장마」)

태어나면서부터 우린 저무는 사람들. 생일은 미리 말해 주자. 젖은 바람 부는 계절에는 얼굴을 보고 이야기하자. 머리를 빡빡 민 사람이 오랫동안 편지를 쓴다. 몸을 보니 여자였구나. 상점 주인은 창밖의 간판을 세다가 저무는 사람. 단 한명의 노파도 없는 비 오는 골목으로 음악을 흘려보낸다.

지느러미를 감추고 들어와야 해. 여자인 줄 알았는데 그림자를 보니 물고기구나. 상점에는 푸른 비늘이 가득 찬다. 그녀가 달력을 넘기는 동안 천장에서 물이 새고 있다. 노파를 보고 싶은 계절이야. 생일을 견디며 물고기들이 모서리에 지느러미를 비빈다.

태어나면서부터 우린 비린내를 풍기는 물건들. 물고기인
줄 알았는데 장화를 벗고 보니 딱딱한 계단이구나. 그녀는
문밖의 발들을 바라보다 밤늦도록 저문다.

고무장화를 신자. 태풍이 오기 전에 생일을 미리 말하자.
바람이 젖은 달력을 찢는다. 계단 밑, 붉은 웅덩이 속에 머리
를 빡빡 민 노파가 잠들어 있다.

—「저무는 사람」 전문

"머리를 빡빡 민 사람이 오랫동안 편지를 쓴다." 여기서,
'오랫동안'이라는 시간은 존재의 자루에 구겨져 들어 있는
여자와 물고기와 딱딱한 계단과 노파를 문득 알아채는 시
간이다. 그것은 시계로 측정 가능한 시간의 길이에 해당하
는 것이 아니라 측량 불가능한 시간의 두께, 존재의 깊이에
대한 표현이다. "몸을 보니 여자였구나." "여자인 줄 알았는
데 그림자를 보니 물고기구나." "물고기인 줄 알았는데 장
화를 벗고 보니 딱딱한 계단이구나." 이 모든 놀라운 '알아
봄'의 순간에 일어나는 사건은 인식의 교체(이를테면, 여자
라는 규정을 폐기하고 물고기라는 이름으로 바꾸는 것)가 아니
라 추가(여자+물고기, 여자+물고기+계단, 여자+물고기+계단+노
파)다. 추가의 연속 형식은 우리에게 무한함을 환기시킨다.
그러나 무한함 속에서 무엇이 풀려나와 우리를 놀라게 하
는가. 우리는 다만 그 무엇, 무엇으로 인하여 존재의 검은

구멍 속으로 끌려 들어갔을 뿐이다.

여자의 몸, 비린내를 풍기는 물고기, 하강의 욕망과 승화의 욕망 사이에 걸쳐 있는 딱딱한 계단, 그리고 노파. 이것들은 이번 시집에서 이영주 시인이 특히 애착을 드러내는 오브제들이기도 하다. 그녀는 죽음의 가능성을 붉은 살처럼 존재의 조건으로 드러낸다. 네 안의 죽음을 보라, 그녀의 시가 명령한다. 그러므로 너는 살아 있다, 죽음에 가까이 간 그녀의 시에서 되돌아오는 메아리다. 죽음의 가능성이 불가능성으로 바뀌면 그것은 주검이다. 죽었으므로 죽을 수 없는 시체는 죽음의 불가능성이다. 생일을 가지고 "태어나면서부터 우린 저무는 사람들." 우리는 죽어 가는 존재다. 노인은 죽음의 '여기 있음'을 현현한다. 시인은 노인에게 구원을 청하는 것 같다. 죽음을 망각한 이 세계에 대하여. "노파를 보고 싶은 계절이야." 이 이상한 열망은 이영주 시인의 시적 윤리이리라. 그러므로 이 시의 마지막 구절에 이르기까지 그녀가 그토록 노파를 찾았던 게 아닐까. "계단 밑", 내 안의 가장 밑바닥에 잠들어 있는 머리를 빡빡 민 노파의 모습은 대머리에 쭈글쭈글한 피부를 가진 태아(胎兒)가 붉은 자궁 속에 웅크리고 있는 것 같기도 하고 또 어찌 보면 영원한 휴식으로 돌아간 고요한 시체처럼 보이기도 한다. 노파는 존재의 시간이다. 노파는 태어나면서부터 저무는(죽어 가는) 사람들 안에 깃든 존재의 거울이다. 어느 날 당신은 존재의 거울 앞에서 경악하리라. 그녀의 주름을 만지리라. 잃어버린 시간들이 접혀 있는 그 주름을……

3 언니라는 내부, 언니라는 창문

안쪽으로 접혀 들어간 것들이 있다. 그것이 소위 '기억'이라고, 혹은 '내면'이라고 부르는 무엇인가를 얼크러뜨리면서 구성한다. 이영주의 시는 주체의 심부(深部)를, 바닥을 만지려고 한다. 아마도 그녀의 시에 대한 불편함을 섣불리 '자폐성'이란 용어로 표시하고자 하는 경우가 있을 것이다. 그러나 내면은 그 자체로 자족적일 수도 없고 폐쇄적일 수도 없다. 물론 내면에 대하여 자폐적인 태도를 취할 수는 있겠지만. 우리의 관심인 이영주 시인의 내향성은 대체로 '안쪽'으로 투척된 '외부'에 대한 매혹에서 비롯한다. 그녀가 어린 시절에서 건져 내는 시적 에피소드의 한 페이지는 이 매혹이 그녀에게는 거의 생래적인 것임을 암시한다. 첫 시집 『108번째 사내』에 붙인 '시인의 말'에서, 그녀는 일곱 살 때 "자전거가 지나갔던 그 순간의 몸"을 떠올린다. 그리고 이렇게 말한다. "내가 열망하던 것은 육체를 뚫고 가는 사물의 힘에 다시 사로잡히는 것이었다." 그녀에게 내면은 붉은 몸처럼 타인과 사물의 힘이 가장 생생하게 현상하는 장소다. 그러므로 통속적으로 '상처'라 불리는 그 어떤 것을 그녀가 후비고 있을 때 그녀는 나르시시즘적인 슬픔에 빠져 있는 것이 아니라 상처를 낸 접촉의 순간의 강렬함을 살려 내고 있는 것이다. 이것이 바로 그녀가 세계를 자각하고 활성화하는 방법이며 무감각한 나를 흔들어 깨우는 방식이라 할 수 있다. "아프기 시작한 곳이 고향이야."(「여름의 귀향」) "허벅지에 길게 그어진 칼자국"에서 "음악이 시작되었다고"(「깔링」), 그녀는 말한다. 그녀의 시는 통증을 진정시키는 것이 아니라 통증을 심화시키고 악화시키고자 한다.

이렇게 말하는 전기해파리처럼 말이다. "내 몸에서 가장 긴 부위는 팔/ 가장 아름답게 악행을 퍼뜨리는 것" "이 찰나의 떨림으로 숨겨진 악행을 나눠 갖자". 그러므로 그녀의 시집에는 참 많은 "해파리들이 몸을 대고 서로 찌르고 있다".(「전기해파리」) "가장 어두운 색깔로 사람들이 폭죽을 터뜨린다."(「루시안의 날개」) 그러므로 그녀는 "깨어나면 몸의 구조가 바뀌어 있"는(「동거녀」) 그런 아침들을 맞이하였을 것이다. "내 악행의 기록을 남기면서// 나는 많은 것이 되었다가./ 많은 것으로 흩어졌다." 이것은 그녀가 이 시집에 쓴 '자서'이다.

"우리는 불투과성 물체가 아니야."「폐교의 연혁」이라는 시에서 읽은 인상적인 구절이다. 그렇다면 같은 시의 이런 구절, "나는 무릎을 적시는 썩은 물이 되어 너를 통과했네."를 가지고 그녀가 내놓은 '투과성 물체'의 존재론에 대해 얘기해 보자. 나와 너의 만남은 두 덩어리 고체답게 쿵

하고 부딪혔던 사건이 아니라, 내(네)가 액체가 되는 사건이며 그리하여 너(나)를 통과하는 사건이다. 그러나 이 통과가 소통과 사랑을 보장하는 것은 아니다. 나는 너를 통과하여 저만치 있고, 너는 나를 통과하여 저만치 있다. 그러나 너는 결코 '저만치' 피어 있는 꽃, 산유화로 남을 수 없다. 나 또한 산유화의 존재론에는 도착할 수 없다. 우리는 "외부의 공기에 닿은" 음식물처럼 썩기 시작한다. 우리는 "형태를 알아볼 수 없게 된다." 이 사태에 대한 마지막 보고서는 이렇다. "생물과 무생물 사이로 우리는 흘러갔다. 세상의 모든 물과 똑같은 원자가 되었다." 나는 해체된다. 이 사태는 나의 죽음으로 종결되는가. 그다음은 없는가. 나의 사랑은 너에게 죽음만을 선사할 뿐인가.

이영주의 시집에는 '부패'의 장면들이 곳곳에서 발견된다. 이를테면, "썩기 시작한다// 형태를 얻기 직전에 너의 이야기를 하려고".(「월식」) 이영주는 '나의 죽음'(말하자면, '주체의 죽음'), '나의 죽어 감'의 어느 시간에 '이야기'를 하고 싶어 한다. 그 이야기는 어떤 것일까. 형태(개별성)가 흐릿해지고 곤죽이 되고 섞이고, 그래서 "커다란 진흙파이"(「달 속의 도시」)가 된다는 것은 '나'를 떠나 '우리'에 이르는 존재론적 연금술이다. "여자는 (……) 세상에서 가장 커다란 진흙파이를 파먹는다." 그 여자가 중얼거린 것 같다. "축축하게 썩어 들어가는 안쪽을 언니라고 부르고 싶어."(「언니에게」)

겨울밤에는 밖에서 안으로 들어가고 싶어. 밖에서 안으로, 아무도 없는 안으로 들어가려 할 때, 차가운 칼날 같은 손잡이를 떼 낸다. 손잡이가 있으면 한 번쯤 돌려 보고 배꼽을 눌러 보고 기하학적으로 시선을 바꿔 볼 수 있을 텐데. 어머니가 방바닥에 늘어놓은 축축한 냄새들. 언니라고 부르고 싶은 버섯들이 있었는데, 잠에서 깨면 어머니는 버섯 머리를 과도로 똑똑 따고 있었다. 손잡이를 어디에 붙여야 할까. 너는 아래쪽에 서 있다. 몸속이 어두워질 때마다 울음을 터트리는 이상한 반동. 축축하게 썩어 들어가는 안쪽을 언니라고 부르고 싶어. 너는 봉긋하게 솟은 버섯 같은 자신의 심장에 손잡이를 대고 안쪽을 열어 본다. 거꾸로 자라나는 버섯들이 잠에서 깨어 어머니의 머리를 똑똑 따 내고 있다. 네가 밖에서 안으로 들어가려 할 때, 바깥에 두고 온 손잡이를 어두워서 찾지 못할 때, 아무도 없는 안쪽이 버섯 모양으로 뒤집어질 때, 너는 성에 낀 202호 창문을 언니라고 부르기 시작한다.

—「언니에게」 전문

"나는 사방을 버리고 안쪽과 바깥쪽을 왔다 갔다 하"는 사람.(「월식」) 나는 종종 "문턱에 한 발이 끼어 침묵에 빠진 새".(「박쥐우산을 가진 소년」) "겨울밤에는 밖에서 안으로 들어가고 싶"다. 시집의 표제가 되기도 한 이 시의 제목에 주목하자. 「언니에게」. '내부', 은밀한 내부에 시인이 붙인 이름이 '언니'다. "축축하게 썩어 들어가는 안쪽"이 언니라고 불리며, "축축한 냄새들"과 그런 냄새를 피우는 "버섯들"이 '언니'라고 호명된다. 언젠가 이성복 시인은 "언니라는 말의 내부. 한 번도 따라 들어가 본 적 없"는, "내가 들어갈 수 없는 언니라는 말의 배꼽."(「31 언니라는 말의 배꼽」, 『달의 이마에는 물결무늬 자국』, 2003)이라는 표현을 한 바 있다. '누이'가 문학적인 관습이었을 때, '언니'라는 말은 문학적으로 거의 비어 있었다. '언니'라는 말이 시적으로 어떤 느낌을 이루기 시작한 것은 비교적 최근의 일이 아닐까 싶다. '언니'라는 말이 가족과 성(gender)을 초과하여 누군가를 부른다. 참으로 다정한 호명인 언니라는 말이 둘러싸는 내부는 '익명적 우리', '밝힐 수 없는 공동체'(블랑쇼)와 같다. '언니'는 "밖에서 안으로" 발화된다. 언니라는 말은 비밀을 나누는 암호다. 언니는 나를 그 안에 폐쇄하는가. "바깥에 두고 온 손잡이를 찾지 못할 때", 나는 축축하게 썩어 들어가는 안쪽으로 한없이 걸어 들어갈 뿐인가. 아, "안쪽이 버섯 모양으로 뒤집어"진다. 그것은 '안'이 '밖'이 되는 순간. 이때, "성에 낀 202호 창문을 언니라고 부르"자. 안쪽이 뒤집어진 버섯 언니, 언니라는 창문을 좀 열까? 언니는 나의 가장 안쪽에서 저 바깥을 환기한다. '언니라는 말의 내부'는 외부를, 타인을 창문처럼 달고 있다.

"등을 구부려/ 욕조 바깥으로 뻗어 나간 발목을 쥐어

본다/ 내 몸의 끝을 잘 모르기 때문이다".(「굴뚝의 성장담」) 그런 그녀의 편지에 이런 답장을 써도 될까. '그렇게 발목을 쥐고 있으면 어쩐지 내가 달아나고 있는 것 같아. 내 몸의 끝이 연기처럼 끝없이 멀어져. 내 몸은 열려 있어. 그러니 우리는 몸의 끝을 말하지 않기로 해.'

4 뒤를 돌아본다, 외국어를 말할 수 없는 시간에

'밖에서 안으로' 구부리는 이영주의 내향성은 '뒤'를 돌아보는 시선에도 겹쳐져 있다. 뒤를 향한 시선이라면 그 유명한 신화적인 '오르페우스의 시선'이 있을 터, 그런데 오늘날의 오르페우스들은 어떤 자들인가.

아름답지 않은 것을 듣키고 싶지 않아. 뒤를 돌아보지 마. 구멍이 좁다는 걸 알면서도 내내 돌아보던 너의 흰 목에서 피가 흐른다. 노인은 신에게 경배를 드릴 때마다 조금씩 무릎이 부서진다. 너무 쉽게 죽은 사람의 이름을 말하면 안 돼. 한쪽 유방이 도려내진 브래지어를 보고 한 노인이 뒤를 돌아본다. 이것은 전염병일까? 목발을 짚은 사내는 꺼지지 않는 불꽃을 뒷주머니에 깊숙이 찔러 넣는다. 신은 뒤를 돌아보는 불경한 것들의 심장을 움켜쥔다. 까마귀는 붉은 날개를 꺼내 죽은 사람의 목을 후려친다. 아름다워지기 전에 뒤를 돌아보면 안 돼. 오르페우스는 어린 딸과 침대가 없는 외계(外界)로 가기 위해 천상의 노래를 부른다. 목소리를 잃고 나는 자꾸 뒤를 돌아본다. 제 다리를 뜯어 먹는 늙은 개.

—「뒤」 전문

오르페우스가 뒤를 돌아보지 않았으면, 그는 부인과 어린 딸과 숙면을 얻었을 것이다. 그러나 블랑쇼가 밝힌 오르페우스의 역설을 들여다본다면, 예술가 오르페우스가 진짜 원한 것은 가족적인 친밀성 속에서의 에우리디케가 아니었다는 것. 다시 말해, 오르페우스는 "나날의 즐거움으로서의 에우리디케를 원하는 것이 아니라 밤의 어둠으로서의 에우리디케, (……) 가족적인 삶의 내밀성으로서가 아니라 모든 내밀성을 배제하는 것의 기이함으로서의 그녀를 보고 싶어 하며, 그녀를 살리고 싶어 하는 것이 아니라 살아 있는 그녀의 죽음의 충만성을 가지고 싶어 한다." (「오르페우스의 시선」, 『문학의 공간』) 그러므로 오르페우스의 역설은 이영주에 의해 이렇게도 표현된다. "오르페우스는 어린 딸과 침대가 없는 외계(外界)로 가기 위해 천상의 노래를 부른다." 지옥을 천상의 달콤함으로 채웠던 오르페우스의 노래는 가족 삼각형의 테두리를 벗어나 외계를 향한 초월적인 비전을 그 안에 간직하고 있었다. 그 꿈은 그러니까 의식을 배반하는 오르페우스의 무의식이었다.

뒤를 돌아보는 위반을 통하여 역설적으로 '현실 이상(以

上)'에 도달하는 오르페우스의 노래. 그런데 "자꾸 뒤를 돌아"보는 나는 목소리를 잃어버린다. 나는 노래를 부르는 것이 아니라 가까스로 떠듬거린다. 내 뒤에는, 너의 뒤에는, 한쪽 유방을 도려낸 어떤 노파의 뒤, 목발을 짚은 사내의 뒤에는 "아름답지 않은 것", 이를테면 "제 다리를 뜯어 먹는 늙은 개" 같은 것이 있다. 이들의 뒤에 있는 것은 아름다운 에우리디케가 아니다. 이영주가 자기 미학의 일단을 투사하는 오늘날의 오르페우스들은 '아름답지 않은 것'을 보는 자, 자꾸 보는 자, 그리하여 '아름답지 않은 것'과 더불어 여기 있는 자들이다. 여기는 신화적인 장소가 아니라 지극히 천박한 세속이다.

그러므로, 그녀는 "자꾸 뒤를 돌아"보게 되리. '죽음'과 '과거(뒤)'를 망각하고 일상의 광기에 빠져 미래, 미래(앞)만을 부르짖고 있는 곳이 세속이므로, 뒤를 돌아보는 것은 이 세계가 조장하는 '종이인형'의 존재론을 거절하는 미적 저항의 몸짓이기도 하다. '안'과 '뒤'가 존재의 두께를 현시한다. 그녀가 드러내는 "뒷면이 없는 것"으로서의 종이인형에 대한 사랑에는(「종이인형」) 그래서 슬픈 아이러니가 깃들어 있다. 내가 "보잘것없고 선량한 인형"의 "목을 잘라버"리는 그런 밤은, "베란다에 나가 공중의 두께를 재 보려고 긴 자를 휘두르지만 수많은 눈금이 밑으로 떨어질 뿐"인 그런 어느 날 밤.

이영주의 시에서는 '안'과 '뒤'의 깊이를 그리워하는 것이 곧잘 '어머니'를 그리워하는 것과 나란히 배치된다. "베란다에 서서 어둠 속으로 머리를 들이미는 어머니", 그 "어머니 등에 눈금이 박혀 있다." 그렇지만 그 "어머니는 내가 모르는 얼굴."(「종이인형」) '모르는 얼굴'로서의 어머니는 누구인가. 현실적인 인격으로 규정하기 어려운 이 어머니는 존재론적 구멍 같은 것이 아닐까. 나는 (어머니)를 향해 거슬러 간다. "여자도 남자도 아"닌(「설탕을 먹는 저녁」) 아이를, "담요에 싸인 공"(「공」)과 같은 아기를 만나러 가는 것이다. "어머니는 마지막 문 뒤에 있"다.(「성인식」) "박쥐처럼 새끼들에게 거꾸로 매달리는 법을 가르"치며. 그것이 뒤집힌 세계를 뒤집어 보는 방법이라는 것일까.

　"지구에 붙박인 절벽들은 오랫동안 깊은 곳에 숨겨진 구멍을 보여 줄 수가 없었습니다.// 뒷모습에서 흘러나오는 한밤의 노래를 향해 잠자고 있던 열대어들이 거슬러 갑니다. 건조한 비늘을 핥으면서, 지도를 확인할 수 없다는 문장을 천천히 지우면서."(「외국어를 말할 수 없습니다」) 그렇게 모천(母川)으로 회귀하는 물고기의 시간은 "외국어를 말할 수 없"는 시간, '모국어'의 시간이다. 이 시간을 '시'의 시간이라고 불러도 될 것이다. 시의 시간에, "어떤 산책은 뒷모습만이 유일한 길이 됩니다."

5 계단의 건축

이 계단은 소리들 위에 떠 있다
입을 다문 짐승처럼 짖는 법을 모르는 계단
나는 얼룩무늬 꼬리를 따라 소리 안으로 들어간다

틈과 틈 사이 끝나지 않는 비트
난간의 뼈를 뚫은 못이 흔들리고 있다

울고 있는 내부를 만져 보지 않아도 음악의 형태를 말할
수 있다면
휘파람 부는 방향으로 흘러가는 피 냄새

아무리 올라가도 짐승의 빛 안이라니
나는 얼룩진 손바닥을 펴 본다

저녁에는 구름이 사라질 것이라고 믿었다
내가 맛볼 수 있는 것은 어째서 피뿐일까
바람 안으로 모든 음(音)이 모여들고 있다

홀로 떠오를 수 없는 계단
죽은 고양이를 밟고 선다

언제쯤 저 짐승은 뼈를 먹을 수 있을까

구름 안에서 녹슨 못들을 꽉 움켜쥐고

음악을 흘려보내는 너는

—「음악의 내부」 전문

"얼룩무늬 꼬리를" 가진, 저기 죽은 고양이 한 마리로부터 소리가 흘러나오고 있다. 소리에는 피 냄새가 배어 있다. 나는 그 "소리 안으로", 그러니까 음악의 내부로 들어간다. 이 음악은 한 마리 작은 짐승이 해체되는 소리다. 그것은 온몸으로 우는 울음소리다. 나는 "울고 있는 내부를 만"지는 자, 그리하여 이 "음악의 형태", 죽음의 형태를 기억하고 증언하고자 하는 자다. 음악의 형태는 겉(외부)에서 파악되는 실루엣 같은 것이 아니다. 음악은 그 내부의 살과 뼈로 연주된다. 살이 썩고, 뼈와 뼈 사이가 흔들린다. 놀라워라, 부패 중인 짐승의 시체로부터 음악을 듣게 될 줄이야. 심지어 이 음악은 매우 매혹적이기까지 하다. 메멘토 모리!

그리고, "죽은 고양이를 밟고"서야 계단이 떠오른다. 다시 말해, 이 시의 첫 문장이 건축되는 것이다. "이 계단은 소리들 위에 떠 있다". 소리들 위에 떠 있는 계단은 내부로부터 바깥으로 펼쳐진 것이다. 그것은 외부적인 첨가물이 아니다. 앞에서 우리가 이영주의 어떤 시를 읽으면서 외부에서 안쪽으로 접혀 들어간 것들이 있다고 했던 것을 더불어 기억한다면, 내부와 외부는 배타적인 영역이 아니라 차라리 서로의 통로라고 할 수 있다. 이영주는 외부로부터 내부를 사유하며, 내부로부터 외부를 꿈꾼다. 이영주는 가장 안쪽으로 웅크릴 때에도 내부의 외부성을 껴안고 있으며, 가장 멀리 외계를 꿈꿀 때에도 외부의 내부성을 떠나지 않는다. "홀로 떠오를 수 없는 계단"을 밟고서 그녀는 어느새 달빛에 홀리고 별빛에 끌리지만 그 순간에도 죽은 고양이의 냄새를 맡는다. "검은 개가 아물어 가는 흉터를 아래에서 위로 핥으며 끙끙댄다."(「나선상의 아리아」)

그녀가 부르는 「나선상의 아리아」는 이곳에서 저곳으로, 저 다른 세상으로 올라가지 않는다. 그것은 이곳의 중력이 미치지 않는, 저 먼 '달에 가는 방법'이 못 된다. "석공은 벽을 아래에서부터 위로 올려 간다. 마지막 순간에 올라가는 곳은 바닥". 그 "최후의 지붕"은 가난한 이들의 마을, 달동네(이곳 옥탑방에서도 그녀는 「달에 가는 여러 가지 방법」을 궁리했겠지.)를 덮는 뚜껑 같은 것일까. "큰언니들의 찬란한 노랫소리 너무나 많은 계단 때문에 우리 집은 꼭대기에 봉인되었습니다".(「봉인」)

이영주는 지붕에서 바닥을, 다시 바닥에서 지붕을, 그렇게 한 계단 한 계단 올라간다. "아래에서 위로, 위에서 아래로."(「나선상의 아리아」) 위로 내려가며, 아래로 올라간다. 이 기이한 계단의 건축은, 한 시인이 내부의 외부성을 외부의 내부성으로, 이를 다시 내부의 외부성으로 지양(止揚)하면서 지향(指向)해 나간 노정의 산물이다. 어쩐지 피 냄새가 난다. 죽음의 냄새가 떠돈다. 그것은 사투였다.

그녀는 독하고 무자비하다. 그녀는 한없이 연하며 다정하다. 나는 그녀가 얼굴을 바꿀 때, 얼굴을 돌릴 때, 얼굴을 숙일 때, 얼굴을 정지했을 때, 피 냄새 나는 맑은 눈물이 뚝 떨어지는 것을 보았다. 그녀의 문장 속으로 떨어진 한 방울 눈물은 가장 천천히 마를 것이다. 이를테면 이런 문장,

"아후라 마즈다는 연민으로 식물을 자라게 했다." 누구든 새벽이면 이 주문을 완성해야 합니다. 하수도 구멍에서 푸른 줄기 하나가 천천히 목을 빼며 지상으로 올라오고 있습니다.
—「해바라기」 부분

그리고, 곧 그녀의 해바라기는 얼굴을 바꾼다. "어린 해바라기들이 시력 5.0의 눈알을 갈아 끼우고 달리기 시작한다."(「한밤의 질주」)

이영주

1974년 서울에서 태어났다.
2000년 문학동네 신인상으로 등단했으며, 시집『108번째 사내』가 있다.
현재 '불편' 동인으로 활동 중이다.

□

언니에게

1판 1쇄 펴냄 · 2010년 5월 7일
1판 5쇄 펴냄 · 2022년 9월 8일

지은이 · 이영주
발행인 · 박근섭, 박상준
펴낸곳 · (주)민음사

출판 등록 1966. 5. 19. 제16-490호
서울특별시 강남구 도산대로1길 62(신사동)
강남출판문화센터 5층 (우편번호 06027)
대표전화 02-515-2000 / 팩시밀리 02-515-2007
www.minumsa.com